Terza ristampa, giugno 2003

ISBN 88-7927-403-1

L'ALBERO GIOVANNI

Nicoletta Costa

EMME EDIZIONI

IL PICCOLO ALBERO
È CRESCIUTO.

ORA È UN ALBERO
GRANDE E FORTE.

L'ALBERO SI CHIAMA
GIOVANNI.

IN AUTUNNO,
QUANDO GLI CADONO
LE FOGLIE, GIOVANNI
NON È PIÚ TRISTE
COME QUANDO
ERA PICCOLO.

GIOVANNI SA CHE
IN PRIMAVERA
CI SARANNO
LE FOGLIE
NUOVE.

ORA GIOVANNI
È MOLTO GENTILE
CON I GATTI
CHE SALGONO
A GIOCARE
SUI SUOI RAMI.

GIOVANNI
PRESTA UN RAMO
ALLA SIGNORA
PINA CHE DEVE
STENDERE
IL BUCATO.

PRESTA
UN RAMO
ANCHE A GIOVANNA
CHE VUOLE
ANDARE
IN ALTALENA!

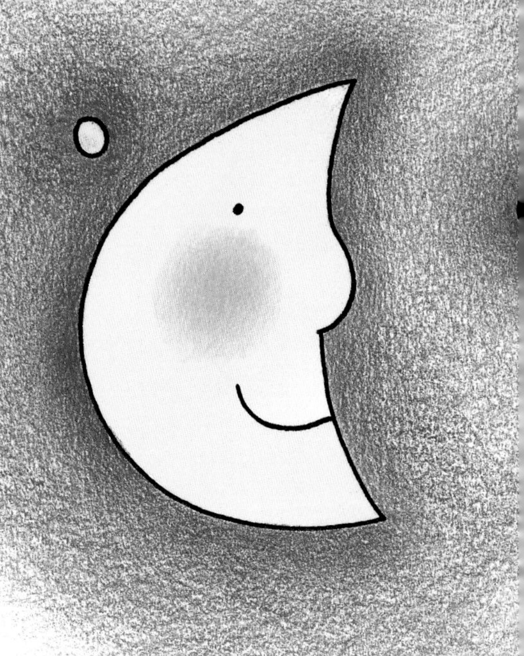

DI NOTTE, GIOVANNI
NON SI ARRABBIA
SE I GUFI GLI STRAPPANO
QUALCHE FOGLIA
PER GIOCARE A CARTE.

DI GIORNO,
GIOVANNI SOPPORTA
I GIOCHI RUMOROSI
DEGLI UCCELLI.

QUANDO PIOVE,
TUTTI POSSONO
STARE AL RIPARO
SOTTO I SUOI RAMI.

QUALCHE VOLTA
I BAMBINI SI ARRAMPICANO
SULL'ALBERO GIOVANNI
E GLI FANNO IL SOLLETICO
SUL NASO!

IN AUTUNNO,
GLI UCCELLI
PARTONO
PER I PAESI CALDI.

L'ALBERO GIOVANNI
È TRISTE.

POI ARRIVA
L'INVERNO
CON LA NEVE.

L'ALBERO GIOVANNI
HA MOLTO FREDDO
E SI SENTE SOLO.

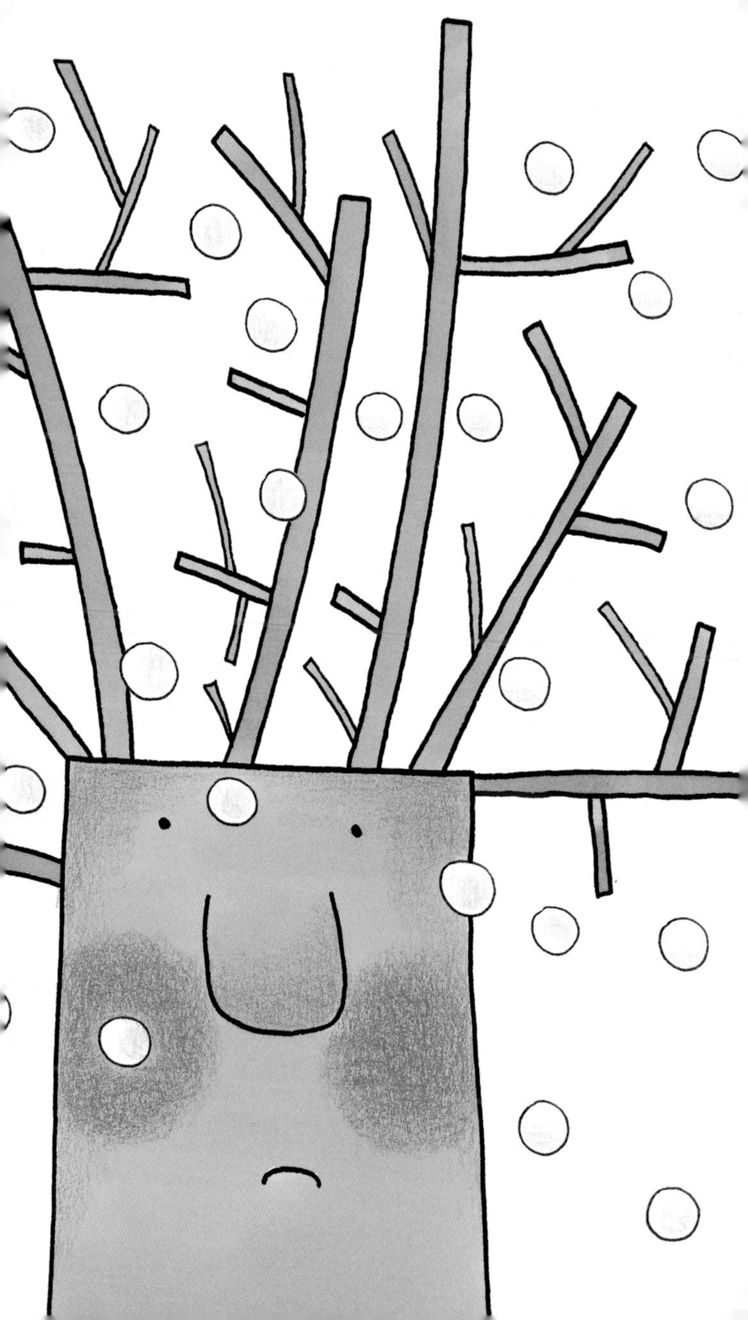

PER FORTUNA
ARRIVANO
I BAMBINI
A GIOCARE
CON LUI.

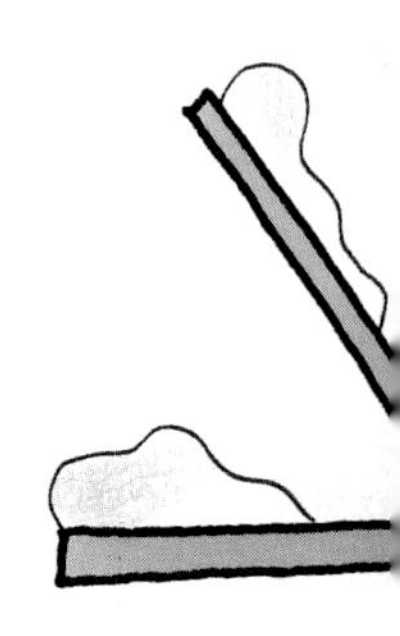

TUTTI INSIEME
ASPETTANO
LA PRIMAVERA.

...E ADESSO GIOCHIAMO

COLORA OGNI AQUILONE
COME L'UCCELLINO
CORRISPONDENTE.

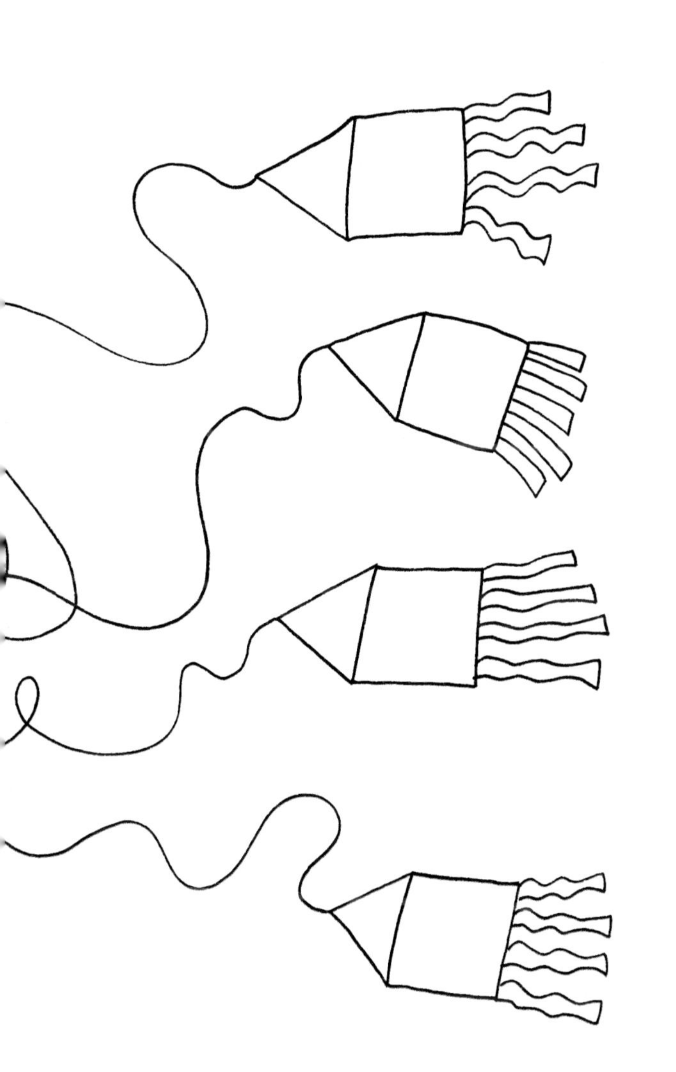

CON LA MATITA
UNISCI IL NOME
ALLA FIGURA GIUSTA.

NUVOLA

ALBERO

LUNA

SOLE

OCA

GATTO

SUI RAMI
DELL'ALBERO
CI SONO
QUATTRO INTRUSI.

PROVA A SCOPRIRLI.

GUARDA BENE
I DUE DISEGNI,

E CERCA
LE SETTE DIFFERENZE.

COLLANA PRIME PAGINE

1 IL PINGUINO NINO, di Francesco Altan
2 CARLOTTA FA UN GIRETTO, di Francesco Altan
4 ERNESTINO E GLI UCCELLINI, di Beatriz Doumerc e Ayax Barnes
5 LA NUVOLA OLGA, di Nicoletta Costa
6 LA STORIA DEL SIGNOR AQUILONE, di Nicoletta Costa
10 PALOMA VA ALLA SPIAGGIA, di Francesco Altan
11 LA PAPERA PIERA, di Donatella Chiarenza
12 L'ALBERO VANITOSO, di Nicoletta Costa
15 IL PAESE DI COLLILUNGHI, di Donatella Chiarenza
16 IL POMODORO DI BERNARDO, di Andrea Musso
18 BIANCO & AUGUSTO E IL PALLONCINO, di Claude Delafosse
19 IL PETTIROSSO PIPPO, di Francesco Altan
20 IL COMPLEANNO DELLA LUNA, di Nicoletta Costa
22 GLI AMICI DI LINO, di Donatella Chiarenza
25 ADA VA NEL BOSCO, di Francesco Altan
26 MARTINO PESCATORE, di Fulvio Testa
27 LA MUCCA MOKA, di Agostino Traini
28 GIACOMO E GIACOMINO, di Cecco Mariniello
29 SIMONE ACCHIAPPASUONI, di Francesco Altan
30 VIVA GLI SPOSI!, di Donatella Chiarenza
31 UNA STRANA FATTORIA, di Fulvio Testa
32 IL MIO PADRONE VA A SCUOLA, di Agostino Traini
33 DOMANI È FESTA, di Lella Gandini e Nicoletta Costa

34 IL LUNA PARK DI ROBI, di Roberto Luciani
35 BUONANOTTE NUVOLA OLGA, di Nicoletta Costa
40 A GIOCARE NELL'ORTO!, di Marcella Moia
41 LA MUCCA MOKA SI DIVERTE, di Agostino Traini
43 GAIA, LUCA E L'UCCELLINO, di Anna Curti
44 CONIGLIETTO TORNA A SCUOLA, di Francesco Altan
45 LE OLIMPIADI NELLA PALUDE, di Silvia Vignale
46 IL TOPO ROBERTO, di Agostino Traini
47 NONNA VANIGLIA, di Massimo Alfaioli
49 UN ANNO CON LA MUCCA MOKA, di Agostino Traini
50 CARLOTTA PRENDE IL TRENO, di Francesco Altan
51 LA NUVOLA OLGA E IL SOLE, di Nicoletta Costa
52 BERNARDO A SCUOLA, di Andrea Musso
54 IL CARNEVALE DEGLI ANIMALI, di Andrea Musso
57 IL PINGUINO NINO COMPIE GLI ANNI, di Francesco Altan
58 LA MUCCA MOKA FA LA POSTINA, di Agostino Traini
59 OTTO E IL TELEFONO, di Marcella Moia e Biagio Bagini
60 L'ALBERO GIOVANNI, di Nicoletta Costa
61 A ME PIACE..., di Anthony Browne
62 CONIGLIETTO VA AL LAGHETTO, di Francesco Altan
63 LA BALENA ROSA E LA MACCHIA NERA, di Andrea Musso
64 NONNA VANIGLIA NEL PAESE DEI CANDITI, di Massimo Alfaioli
65 IL SIGNOR AQUILONE FA UN GIRETTO, di Nicoletta Costa
66 IL PETTIROSSO PIPPO E IL MERLO, di Francesco Altan
67 POLDINO E IL FILO ROSSO, di Silvia Vignale
69 LA NUOVA COMPAGNA, di Paolo Filippi

70 BILLO E L'ARCA DI NOÈ, di Andrea Musso

71 LA MUCCA MOKA TRA LE NUVOLE, di Agostino Traini

73 LE STAGIONI NELLA PALUDE, di Silvia Vignale

74 IL SIGNOR ACQUA VA IN MONTAGNA, di Agostino Traini

75 CONIGLIETTO VA IN MONTAGNA, di Francesco Altan

76 LA NUVOLA OLGA IN FONDO AL MARE, di Nicoletta Costa

77 LA MUCCA MOKA E I SEGRETI DELLA MONTAGNA, di Agostino Traini

78 PAPÀ, NON VOGLIO DORMIRE!, di Antonella Abbatiello

79 ISABELLA INNAMORATA, di Silvia Vignale

80 IL SIGNOR AQUILONE SOTTO LA PIOGGIA, di Nicoletta Costa

81 FILIPPO E GELSOMINA, di Raffaella Bolaffio

Finito di stampare nel mese di maggio 2003
per conto delle Edizioni EL
presso Editoriale Lloyd S.r.l., S. Dorligo della Valle (TS)